GUÍA DE LECTURA

Escrita por Vincent Guillaume
Traducida por Clara Raposo Romero

Carta al padre

de Franz Kafka

FRANZ KAFKA

NOVELISTA DE LA LENGUA ALEMANA

- **Nacido en 1883 en Praga (República Checa)**
- **Fallecido en 1924 en Viena (Austria)**
- **Sus obras más importantes son:**
    - *La Metamorfosis* (1915), novela corta
    - *El Proceso* (1925), novela
    - *El Castillo* (1926), novela

Sin lugar a dudas, Franz Kafka, uno de los escritores más importantes del siglo XX, es un autor controvertido: su obra ha dado lugar a numerosos comentarios e interpretaciones. Sus textos reflejan sobre todo la alienación del hombre moderno, las fuerzas sociales y misteriosas, aunque implacables, que dirigen su existencia, así como su vana búsqueda de respuestas en un mundo incomprensible.

Judío de lengua alemana, vivió en Praga y tuvo que contentarse con escribir generalmente por las noches, porque tenía que cumplir con su trabajo en el despacho por la mañana. Aunque sus obras fueron desconocidas en vida, han ido adquiriendo una enorme popularidad tras su muerte en 1924. Entre ellas, las más importantes sin duda son *La metamorfosis* (1915) y *El proceso* (1925).

CARTA AL PADRE

PROCESO DE UN PADRE DOMINANTE E INTROSPECCIÓN DE UN GENIO LITERARIO

- **Género:** carta
- **Edición de referencia:** Kafka, Franz. 1974. *Carta al padre*. Traducido por Feliu Formasa. Barcelona: Lumen
- **Primera edición:** 1919
- **Temáticas:** familia, padre, autoridad, identidad, incomprensión

En 1919 como se encontraba en una situación conflictiva con su padre, Kafka decide dedicarle una carta en la que examina su relación remontándose al origen del problema. Su propósito es hacer que comprenda y acepte su punto de vista en los ejemplos de su vida pasada con el fin de poder vivir ambos en armonía.

La *Carta al padre*, juicio de un padre dominante y, al mismo tiempo, exploración sin compromiso de su propia naturaleza, nos muestra el poder de análisis y de introspección de este genio de la literatura de espíritu atormentado. Del mismo modo, se trata de un documento muy valioso para la interpretación de las obras de Kafka.

RESUMEN

Este resumen se centra sobre todo en el contenido de la carta y no respeta sistemáticamente el orden en el que Kafka pasa de un tema a otro.

Kafka comienza su carta retomando una pregunta que su padre planteó un tiempo antes, en la que se preguntaba las razones por las que su hijo debía temerle. Incluso por escrito, afirma Kafka, la respuesta quedará incompleta, debido precisamente a este miedo, pero también porque es un tema muy amplio.

Nos presenta la imagen que su padre tiene de él: la de un niño consentido, distante, que no se interesa por los negocios, no necesariamente malo, pero desde luego ingrato. Siguiendo esta lógica, el padre puede ser culpable de una cosa: haber sido demasiado bueno con él. Kafka dice que está de acuerdo en cuanto a que su padre no es en modo alguno el culpable de sus problemas racionales, pero quiere librarse de la parte que le corresponde. Es una especie de responsabilidad compartida pero sin culpables, puesto que nace de la propia naturaleza. Kafka se considera el resultado natural de la educación de su padre. Más adelante, precisa que su padre no ha hecho sino empeorar involuntariamente lo que ya estaba en él desde el principio, para finalmente hacer de él un hombre inestable e introvertido, sólo que este empeoramiento ha sido tan drástico debido al poder de su padre.

Hay un contraste explícito, tanto físicamente como en el comportamiento y la personalidad de ambos, entre el padre – fuerte, enérgico, ambicioso, seguro de sí mismo e irascible – y Kafka, que fue un niño débil y temeroso del poder paternal, y que se convierte en un hombre delgado, atormentado por la culpabilidad y las dudas, convencido de que es un incompetente y viviendo siempre a la sombra de su padre.

Su padre, severo y tirano, lo aterrorizaba como si fuera un huracán en potencia, dispuesto a abatirse sobre un niño indefenso por cualquier nimiedad. Sin embargo, el padre nunca empleaba la violencia física contra sus hijos. El miedo que le inspiraba procedía más bien de sus amenazas y de la idea que Kafka se hacía de su fuerza. Este último tenía la impresión de que seguía viviendo porque su padre se lo permitía, como un favor inmerecido.

El padre daba la impresión de llevar siempre la razón porque ejercía el poder: a la hora de la comida los reproches que le hacía al niño y sus propias maneras mostraban que su principio era el de "haz lo que digo y no lo que hago". Debido a esta actitud, el joven Kafka concluye que el mundo está dividido en tres categorías: los esclavos, como él, que no consiguen respetar las leyes inventadas sólo para ellos; los dueños, como su padre, que dan órdenes y se enfadan cuando no se les obedece y los hombres libres, es decir, el resto.

Este déspota todopoderoso fue, sin embargo, el único modelo que Kafka tuvo. Siempre estuvo sometido a los juicios de su padre, que se oponía sistemáticamente a los intereses de su hijo, reprobándole todo, incluso en situaciones en las que no podía opinar. Menospreciaba, por ejemplo, a los amigos de Kafka sin conocerlos, sólo porque eran sus amigos y, además, detestó el judaísmo desde que su hijo empezó a interesarse por él.

Al tratar al niño de manera tan dura, lo que el padre pretendía quizás era empujarlo a rebelarse y a reafirmarse como persona. Le desconcertaba la inmensa confianza que su padre depositaba en él. Hacerlo igual de bien que él era inconcebible. Sin embargo, Kafka sentía que eso era lo que se esperaba de él. Se esforzaba en obedecer a su padre, aunque se empequeñecía ante él, lo que evidentemente no era el resultado deseado. Además, todavía no sabía que su padre era sensible, que sufría al ver a unos hijos tan débiles que no le proporcionaban ninguna alegría.

No obstante, había momentos extraños en los que el padre parecía realmente frágil y lleno de bondad, como por ejemplo cuando su mujer o uno de sus hijos caían enfermos. Kafka nos dice que guarda estos recuerdos como si fuera un tesoro. Por desgracia, estas imágenes también han contribuido a reforzar el sentimiento de culpa hacia su padre, que esperaba mucho de él y que no dudaba nunca en hablar de la extrema pobreza que vivió en su juventud, con el fin de recordar a los niños lo mucho que debían a sus padres.

Kafka se sentía en deuda con su padre, pero era imposible saldar esta deuda ya que, por una parte, el padre se consideraba el modelo de hombre que ha sobrevivido a la adversidad, y por otra parte, era ingrato y bochornoso que los niños no aceptaran los que se les daba. De este modo, el padre les prohibía seguir el ejemplo que él les daba. Asimismo, Kafka no estaba muy seguro de sí mismo como para agradecer al padre sus actos, lo que lo convertiría en un posible heredero. De hecho, huía de todo aquello que estuviera relacionado con su padre, es decir, el mundo de los negocios, que asociaba con la su tiranía (insultaba a sus empleados y los trataba de «enemigos remunerados»).

La desconfianza hacia los otros que su padre intentaba inculcarle se volvió una desconfianza en sí mismo, ya que aquellos de quienes no debería fiarse (los empleados, por ejemplo) les parecían personas respetables, o al menos no mucho peor que él, que sufrían igualmente en la empresa de su padre.

La escritura era el único ámbito en el que Kafka sentía una especie de independencia con respecto a su padre y donde la aversión por él era, por una vez, bienvenida. Sin embargo, su impresión de libertad no era más que una ilusión: Kafka explica a su padre que todo lo que escribía era todo lo que nunca se atrevió a decirle a la cara. De este modo, Kafka se deja llevar por su escritura, que ha tenido un peso importante en todas sus decisiones y sobre todo cuando decidió ser escritor.

Kafka, confrontado muy pronto a sus dudas existenciales, se volvió indiferente ante todo lo que no le concernía ni a él ni a su escritura. Esta indiferencia era un mecanismo de defensa contra su ansiedad y su culpabilidad. No veía nada interesante en el trabajo, sino más bien un medio bastante ilusorio de huir de su padre. Además, convencido de que su padre consideraba irremediable el fracaso en todo lo que emprendía, Kafka eligió una profesión que le permitía pasar desapercibido lo más pronto posible.

En cuanto al matrimonio, Kafka confiesa haber fracasado en todas sus tentativas, aunque haya invertido en él todas sus fuerzas positivas (anuladas, sin embargo, por las fuerzas negativas resultantes de la educación de su padre). Kafka dice que preparó muy mal su matrimonio. Cuando un día su padre le habló abiertamente del acto sexual, se sintió envilecido y no supo relacionar la sexualidad con el matrimonio de sus padres. Su padre le pareció entonces aún más inalcanzable. Por este consejo, Kafka trazó una frontera entre el mundo de la pureza (su padre) y el de la mediocridad (su propio mundo).

Le reprocha a su padre tuviera prejuicios sobre a su capacidad de decisión hasta en el ámbito del matrimonio y que le acusara sin razón de haber tomado la decisión sin reflexionar. El fracaso no procede de sus decisiones, maduradas durante mucho tiempo, sino de él mismo, porque Kafka se considera «moralmente incapaz» de casarse. El matrimonio significa ante todo un peligro potencial para su actividad de escritura, algo que Kafka no puede aceptar, pero sobre todo, aparece como una liberación tan perfecta (porque al casarse estaría en la misma posición que su padre que, contento, dejaría ser un tirano) que parece imposible. Por otro lado, el matrimonio está por encima de él, es inalcanzable: algo que pertenece al mundo de su padre.

Por último, Kafka se acusa, imaginándose la respuesta del padre a la carta, de haber procesado a su padre sin pretender una reconciliación, de ser un parásito hipócrita que se sirve de él para justificar sus deseos contradictorios (casarse o no casarse). Concluye afirmando que la desconfianza que tiene su padre hacia el hijo no podrá nunca ser tan grande como la falta de confianza en sí mismo. Según Kafka, la respuesta que había inventado completa la carta relativizándola de manera que se obtiene una versión lo suficientemente cerca de la verdad como para satisfacer un poco a los dos.

PUNTOS DESTACADOS

CONTEXTO SOCIOECONÓMICO

Kafka y su padre vivieron principalmente en Praga, en Checoslovaquia (que en la época formaba parte del imperio Austrohúngaro). La mayor parte de los praguenses hablaban checo, pero existía una minoría germanófona de la que formaban parte los Kafka. Además, eran minoritarios por partida doble debido a su religión judía.

Esta condición fue determinante para los Kafka: checos y alemanes se ignoraban mutuamente y el antisemitismo era omnipresente. Muchos judíos decidían mezclarse con los germanófonos, de clase social más elevada, y hacer que sus diferencias fueran lo más discretas posibles. No obstante, el futuro económico era incierto para los judíos porque estaban constantemente amenazados de boicot. Esto es probablemente uno de los factores que llevó a Hermann Kafka a preocuparse tanto por los negocios y a inculcarles con fuerza el valor del trabajo a sus hijos.

ELEMENTOS BIOGRÁFICOS SOBRE FRANZ KAFKA

Franz Kafka nació en Praga en 1883. Estudió derecho en la Universidad de Karl-Ferdinand a partir de 1901. En 1902 conoció a Max Brod, lo que supuso una amistad para toda la vida. En 1906, Kafka fue proclamado doctor en derecho y, al año siguiente, consiguió un empleo en las *Assicurazioni Generali*, una compañía de seguros italiana que poseía una sucursal en Praga. Como no le convenían los horarios (le dedicaba mucho tiempo a su actividad literaria), dimite en 1908 y lo contrataron en una oficina de seguros para accidentes de trabajo del reino de Bohemia.

En 1912, conoció a la berlinesa Felice Bauer en la casa de Max Brod. Comenzó una correspondencia intensa con ella y se prometieron dos veces antes de separarse definitivamente en 1917. El mismo año le diagnosticaron tuberculosis. En 1919, Kafka se casó con Julie Wohryzek. La oposición del padre a este noviazgo fue la ocasión perfecta para escribir *Carta al padre*. Kafka tuvo otras relaciones con Milena Jasenská y Dora Diamant, antes de morir de tuberculosis en 1924.

Aunque Kafka sea en cierta medida hijo de su época (un periodo de vanguardia artístico caracterizado por la búsqueda de nuevas formas de expresión y el rechazo al pasado, que se expresa entre otros en el género de la literatura antipatriarcal, tan conocido por Kafka), debemos evitar ver en él el representante de una corriente en particular.

ELEMENTOS BIOGRÁFICOS SOBRE HERMANN KAFKA (EL PADRE)

Hermann Kafka (1852-1931) nació en Wossek, un pueblo de la Bohemia del Sur. Era hijo de un carnicero y vivía con sus cinco hermanos y hermanas sumidos en la pobreza. Fueron obligados a trabajar prematuramente para contribuir en la supervivencia de la familia. Hermann se hizo independiente tras el servicio militar y se instaló en Praga en 1881. Allí abrió una *boutique* con artículos de moda con la ayuda de un asociado.

Poco después, en septiembre de 1882, se casó con Julie Löwy (1856-1934), la hija de un rico propietario de una cervecería judía. Tuvieron seis hijos siendo Franz el primogénito. La familia se mudó varias veces, instalándose siempre en los barrios más respetables de la ciudad. La atención que Hermann Kafka acordaba a la ascensión social y económica se hace evidente al casarse (aunque fue un matrimonio por amor y con final feliz) y en sus actividades comerciales. Sin embargo, conocemos su personalidad gracias sobre todo a la carta que le escribió su hijo Franz.

Hermann Kafka era una fuerza natural, pero tenía sin duda un carácter más fuerte: era un hombre directo y brutal, irascible y soberbio, que disponía de la inquebrantable autoconfianza de quienes han llegado al éxito por ellos mismos y partiendo de la nada. Era un padre autoritario, incluso abusivo, un burgués convencido de la exactitud de las opiniones de su clase social. Era un comerciante de valores tradicionales, se oponía menos a los intereses de su hijo (por ejemplo, la literatura o el círculo de «amigos alucinados») que a su naturaleza débil, inestable y – en su opinión, cambiante.

CLAVES DE LECTURA

EL RECORRIDO DE UNA CARTA QUE NUNCA LLEGÓ A ENTREGARSE

Kafka conoció a Julie Wohryzek, una praguense de cerca de treinta años, en una pensión de Schelesen (una ciudad pequeña al norte de Praga), donde fue a recibir un tratamiento contra la tuberculosis. Se prometieron en 1919, pero su padre se opuso violentamente a su relación puesto que Julie procedía de una clase social inferior a la suya. En noviembre de 1919, Kafka vuelve a Schelesen para continuar su tratamiento, que es cuando escribe *Carta al padre*.

La redacción comenzó entre el 10 y el 13 de noviembre y acabó probablemente antes del 20. Seguramente, varios borradores precedieron a *La carta*, de más de cien páginas, ya que Kafka cuida la escritura y comete las faltas típicas de haber copiado la carta. Kafka quiso en un primer momento enviar la carta por correo. Después contempló la idea de confiársela a su madre para que esta se la entregara al destinatario. Pero la madre se la quedó y el padre no supo de ella. Kafka no se atrevió al final a pedirle que se la leyera.

Nada nos hace pensar que alguien pudiera haber leído la carta antes de que Max Brod, viejo amigo de Kafka, la encontrara tras la muerte del escritor. Por respeto a la familia y aunque fuera consciente del valor literario de la carta, Brod esperó hasta 1952 para publicarla con otros textos, sin embargo, ficticios.

¿CORRESPONDENCIA PRIVADA, DEFENSA O TEXTO LITERARIO?

Aunque la motivación inicial para escribir Carta al padre fuera indudablemente un asunto privado, la carta se sitúa en la frontera entre un documento secundario (correspondencia personal) y un texto literario. Las intenciones de Kafka evolucionaron quizá durante la redacción, o en la corrección o puede ser que no evolucionaran en ningún momento. Sea como fuere, algunos elementos merecen ser destacados con el fin de explicar la razón por la cual esta carta es difícil de clasificar.

En principio, se trata indudablemente de una carta «verdadera»:

- comienza con un «Mi muy querido padre», aparece una dirección (Schelesen) en la esquina superior derecha de la primera página y se termina con una breve firma, «Franz»;
- retoma información que no está contextualizada, acontecimientos que sólo conocen el autor, el destinatario y los más allegados;
- se basa en hechos auténticos que las investigaciones sobre la obra y la autobiografía de Kafka han confirmado, y que también se han podido corroborar gracias a la correspondencia del autor y a sus diarios privados.

Por otro lado, la carta tiene una dimensión literaria marcada, hasta tal punto que Kafka ha contemplado quizás la idea de reciclarla en un texto literario de pleno derecho (de hecho, encajaría bastante bien en el género contemporáneo de la literatura antipatriarcal):

- la extensión sobrepasa con creces la de una carta normal;
- Kafka copió de nuevo la carta a máquina, pero sin indicar el lugar y cambiando la fórmula «Mi muy querido padre», por «Querido padre», dándole un toque más impersonal, menos ligado al contexto privado y, por tanto, más orientado a un público que desconoce este contexto;
- la información sobre el contexto familiar de Kafka no son más que detalles innecesarios para la comprensión global del texto. Con frecuencia, el lector puede eludir lo «no dicho» adivinando más o menos lo que Kafka nos cuenta gracias a la voluntad general que envuelve lo «no dicho». Con todo, la carta sigue siendo accesible a todo lector ajeno a la situación;
- Kafka consideraba su carta como una carta de abogado, construida más para responder a un fin que para hacerse una idea de la verdad. Confiesa haber interpretado y representado los hechos de una manera menos auténtica, y sin embargo, es llamativo ver hasta qué punto el autor ha dejado el tema abierto a debate.
- Este último punto merece una aclaración complementaria. Al principio, Kafka expone la opinión que piensa que tendría su padre, aunque después la relativiza y afirma que él no es el único responsable, sino que su padre lo es también. Explica, además, su punto de vista ampliamente, con ayuda de numerosos ejemplos con los que se supone que hará entender a su padre todo lo que él ha vivido. Por tanto, Kafka pretende convencer, demostrar

que tiene razón (y, en parte, mostrar que su padre se había equivocado). De hecho, la carta es una acusación a su padre y plantea su juicio. Como se da cuenta de ello, Kafka imagina al final la respuesta de su padre, que pondrá en duda sus argumentos, aunque sin rechazarlos, ya que Kafka precisa que la respuesta es en realidad suya, procedente de la desconfianza en sí mismo, que se debe a la influencia de su padre. La carta puede por tanto asemejarse a una carta de abogado puesto que Kafka no abandona verdaderamente su posición inicial. No obstante, tampoco tiene confianza en lo que escribe: es consciente de que deforma la verdad, aunque con sutileza.

Cuando interpretamos algo, ya sea leyendo o incluso escribiendo un texto, tendemos a relacionar lo particular con algo más general. De este modo, la figura del padre presente en esta carta acaba sobrepasando a Hermann Kafka como persona y representando al tirano por excelencia (da fe de ello la división que realizó Kafka del mundo en tres categorías), o incluso al concepto de autoridad en sí mismo. De esta manera, el texto casa con el modo literario y con el resto de la obra kafkiana.

LA VISIÓN DEL MUNDO DE KAFKA

La Carta al padre se considera una de las obras más emblemáticas de Kafka puesto que pone de relieve elementos recurrentes de sus escritos. Intérpretes y biógrafos ven en esta obra una mina de información que nos proporciona conocimientos muy valiosos sobre el mundo de Kafka.

Kafka tenía una naturaleza ansiosa, hipersensible, siempre al acecho y encerrada en sí misma. Era un psicólogo sutil, su agudeza en la observación unida a los sentimientos de culpabilidad y de deuda lo convirtieron en su propio juez, siempre dispuesto a atormentarse con reproches y a verse como un don nadie, pero sin perder nunca su excepcional lucidez.

La mayor parte de su obra representa las tentativas de transformar sus impresiones, constataciones y obsesiones literarias. Sus escritos reflejan, entre otras cosas:

- los mecanismos de poder y el funcionamiento de la ley tal y como él los concibe (inexorable y arbitraria como su padre, devastadora cuando se cierne sin previo aviso sobre el culpable elegido), preocupándose de estos temas desde una infancia vivida bajo la influencia traumática de un padre dominante. *La colonia penitenciaria* (novela corta, 1919) y sobre todo *El proceso* (novela, 1925) son dos obras construidas en torno a esta temática – Kafka hace alusión a la última frase de *El Proceso* («Era como si la vergüenza tuviera que sobrevivirle») en la *Carta al padre*, para demostrar hasta qué punto se sentía constantemente culpable;
- la figura del padre como tema central y motivo recurrente, inspirado por los rasgos de Hermann Kafka (fuerza, tiranía, irascibilidad) y encarnándose en otros personajes paternales (Samsa en *La metamorfosis*) o padres sustitutos (el portero principal en *América / El desaparecido*). Son personajes autoritarios ratificados

en su poder, en la ley, y que a veces llegan a ejercerla (Bendemann en *La condena sentencia* a su hijo a muerte por afixia: esta novela corta es sin duda la interpretación más radical de la relación con su padre que jamás haya realizado Kafka);

- la vergüenza, las taras psicológicas y la alienación de las personas que, semejantes a la imagen que él se hace de sí mismo, en cierto modo van en contra del orden establecido y ya no consiguen integrarse en la sociedad. Son normalmente personajes débiles, dudosos, desbordado por los acontecimientos incontrolables, que fracasan porque no saben cuándo ni cómo actuar. Como hacia sí mismo, Kafka no muestra ninguna piedad hacia sus personajes, que son, con frecuencia, los héroes de sus relatos.

Esto no son más que algunos elementos gracias a los cuales la *Carta al padre* permite aportar un nuevo enfoque. Sin embargo, si es posible analizar y comprender la obra kafkiana a partir de *la Carta*, los intérpretes deben tratar de no reducir esta obra únicamente a la dimensión autobiográfica.

PISTAS PARA LA REFLEXIÓN

ALGUNAS PREGUNTAS PARA PROFUNDIZAR EN SU REFLEXIÓN...

- Compare la *Carta al padre* con *El proceso* o *La metamorfosis* desde el punto de vista de la temática de la ley y las obligaciones profesionales.
- En su opinión, ¿por qué Kafka nunca entregó la *Carta*?
- ¿Considera usted a Hermann Kafka un tirano traumatizador o cree usted que tiene parte de responsabilidad, aunque no de culpabilidad, al igual que Kafka?
- Enumere las razones por las que Kafka pueda sentirse constantemente culpable.
- En su opinión, ¿quién es más culpable, el padre o el hijo? Justifique su respuesta.
- Compare a Hermann Kafka con el personaje de Samsa en *La metamorfosis*.
- ¿Piensa usted que la intención de Kafka cambió durante la redacción de la *Carta*? ¿Considera usted la *Carta* más como producto literario o como correspondencia personal? Explíquelo con ayuda de ejemplos del texto.
- Después de haber leído esta carta, ¿cómo interpreta usted la pasión de Kafka por la literatura y la escritura?
- ¿En qué medida la *Carta al padre* permite comprender mejor la visión del mundo que encontramos también en otros escritos de Kafka?

¡Su opinión nos interesa!
¡Deje un comentario en la página web de su librería en línea,
y comparta sus favoritos en las redes sociales!

PARA IR MÁS ALLÁ

EDICIÓN DE REFERENCIA

- Kafka, Franz. 1974. *Carta al padre*. Traducido por Feliu Formasa. Barcelona: Lumen.

EN RESUMENEXPRESS.COM

- Guía de lectura de *La Metamorfosis* de Franz Kafka.
- Guía de lectura de *El Castillo* de Franz Kafka.
- Guía de lectura de *El Proceso* de Franz Kafka.

ResumenExpress.com

www.resumenexpress.com

ISBN ebook: 9782806273901

ISBN papel: 9782806285447

Depósito legal: D/2016/12603/478

Cubierta: © Primento

Libro realizado por Primento, *el socio digital de los editores*